약간의
변명들

*일러두기
『약간의 변명들』에는 민경희 산문집 『별일 아닌 것들로 별일이 됐던 어느 밤』의 일부가 수록되었습니다.

약간의 변명들

초판 1쇄 인쇄 2018년 11월 9일
초판 1쇄 발행 2018년 11월 16일

지은이 민경희
펴낸이 남기성
책임 편집 조혜정
디자인 그별

펴낸곳 주식회사 자화상
인쇄,제작 데이타링크
출판사등록 신고번호 제 2016-000312호
주소 서울특별시 마포구 월드컵북로 400 서울산업진흥원 201호(상암동)
대표전화 (070) 7555-9653
이메일 sung0278@naver.com

ISBN 979-11-89413-16-3 03800

이 도서의 국립중앙도서관 출판예정도서목록(CIP)은 서지정보유통지원시스템 홈페이지 (http://seoji.nl.go.kr)와 국가자료공동목록시스템(http://www.nl.go.kr/kolisnet)에서 이용하실 수 있습니다.
(CIP제어번호: CIP2018036014)

약간의 변명들

민경희 다이어리

자화상

작가의 말

왜 그런 날이 있습니다.

괜히 다시 시작하고 싶고 모든 게 내 탓 같고 존재 자체를 부정당하는 그런 날. 왜 이 모양일까? 생각해봅니다. 그런데 내 모양은 그날 그냥 세모였던 것입니다. 며칠이 지나면 점점 모난 부분이 깎여 동그랗게 변하겠지요. 사실 세모인 채로 있어도 그만입니다.

살아가는 일이 어떻게 돌아가는지 잘 모르겠을 때 우리는 자신의 탓을 하곤 합니다. 나만이 정확한 존재이니 쉽게 부정할 수 있는 것입니다. 남들의 사정 따위 알 수 없으니까요.

하지만 우린 압니다. 그 속엔 약간의 변명들이 나를 방어하고 있어서 끝까지 간다 한들 내가 나를 욕하지 못한다는 것을요. 구차해질까 봐 사실 말하지 못하고 마음속에 담아두고 있던 일들. 나에겐 실로 타당한 이유들. 그것들이 나를 살게 합니다.

왜냐하면, 그럼에도, 그렇지만 같은 단어들이 있어 다행이라 생각해봅니다. 약간의 변명들이 나를 지켜줄 거예요.

올해도 잘 지내봅시다.

민경희

TABLE OF CONTENTS

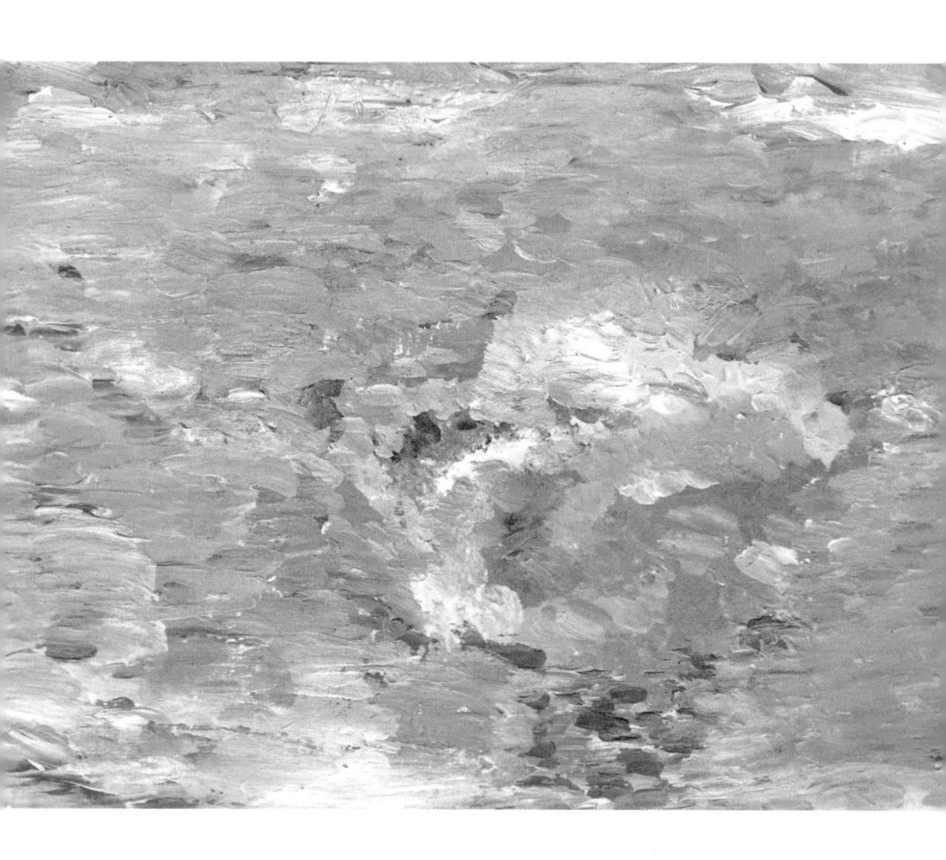

PART 1

불완전하지만 잘 지내고 있습니다

사람은 다 거기서 거기인데
어떤 기대감으로 부풀어 놓고선
너혼자 힘들어 하면 어떻게 하냐.

오늘의 날씨는 실패다

(앨범 <Take a Night off> 수록곡)

•

"네가 몰라서 하는 말이야…
그 사람은 나에게 특별한 존재였단 말이야…."

그 사람과 나는 사랑이 맞다 확신해서
구름 위로 붕- 떠오르고,

시간이 지나고 보니 다 착각이었구나 생각하니
이내 낭떠러지로 곤두박질쳐졌다.

우리는 불안의 굴레에서 언제쯤 벗어날 수 있을까…?

Inspired by Night Off .

○

대부분 멍을 때리는 월요일

여름이니까.

어떤 초록들이 웅장하게 보이면
아 이제 여름이 왔구나,
척척한 기운도 다 이것 때문이겠구나
맡겨버리면 마음이 한결 가벼울 줄 알았다.

하지만 그것은 물기에 젖어
쉬이 떨어지지 않는 것이었다.
결국 뚝 뚝 젖은 몸으로 걷다 걷다
두 손으로 얼굴을 가려버린다.
손끝에서는 물기가 똑 똑 떨어지고 있다.
다 무슨 소용이냐. 다들 거짓말이나 하면서.

○

“…그 결말은 해피엔딩으로 이끌어줄 것 같다는
막연한 믿음을 가지면서….”

더우니까 너무 열심히 살지 맙시다.

MIN

그래서 그 다음은?

•

꿈꾼다는 거, 뭐랄까 어떻게 보면 건강한 거다.
좇기 위해 때로는 좌절하고 행복한가 자문하며
괴로워하지만 그럼에도 포기하지 않는 게 있다는 말 아닌가.
사실, 이루어지면 그렇게 큰 것 같아 보이던 게 하염없이
별것 아니게 된다. '그래서 그 다음은?'만 있게 될 뿐.
허망하기 짝이 없다. 이제 그 다음은 '나'가 중요하게 되는
과정인 것 같다. 귀 기울이지 못하면 꿈도 나도
사라지게 된다. 제일 중요한 건 중심을 지키는 나,
그리고 소중한 꿈들.

골목

•

우리들은 저녁에 자주 만났다.

있는 줄도 몰랐던 할 일들은 자꾸만 쌓였고
만나지 못하는 날들이 이어지기도 했으나,
그럴 때는 며칠이고 그저 각자의 시간들을 보내기도 했다.
그러다 오랜만에 만나기라도 하면 작정한 사람들처럼
맛있다는 곳을 찾아 나섰다.
누구보다 복스럽게 먹어 치우고선 기분이 좋아져
별것 아닌 말에도 잘 웃는 우리였다.

네가 그렇게 아픈건 많은 감정을 느낄 수 있다는 거고, 그만큼 그릇이 넓은 사람이라는 거야.
YAMAHA

약간의
변명들

인간적인 하루

•

장황한 제목에 매료되어
마냥 멋지다 생각하게 되는 시집을 사고
사운드클라우드에만 있는 뮤지션들의 음악을 듣고
유명해지기 전에 예쁜 개인 카페에 가서
사진을 찍고 프랑스 영화들을 보고
대단해 보이는 꿈만을 장황하게 늘어놓는
뜬구름 범벅의 대화.
나와 다른 것들에 대해 무심한 척하기.

○

질문들을 붙잡고 다닐 유월에.

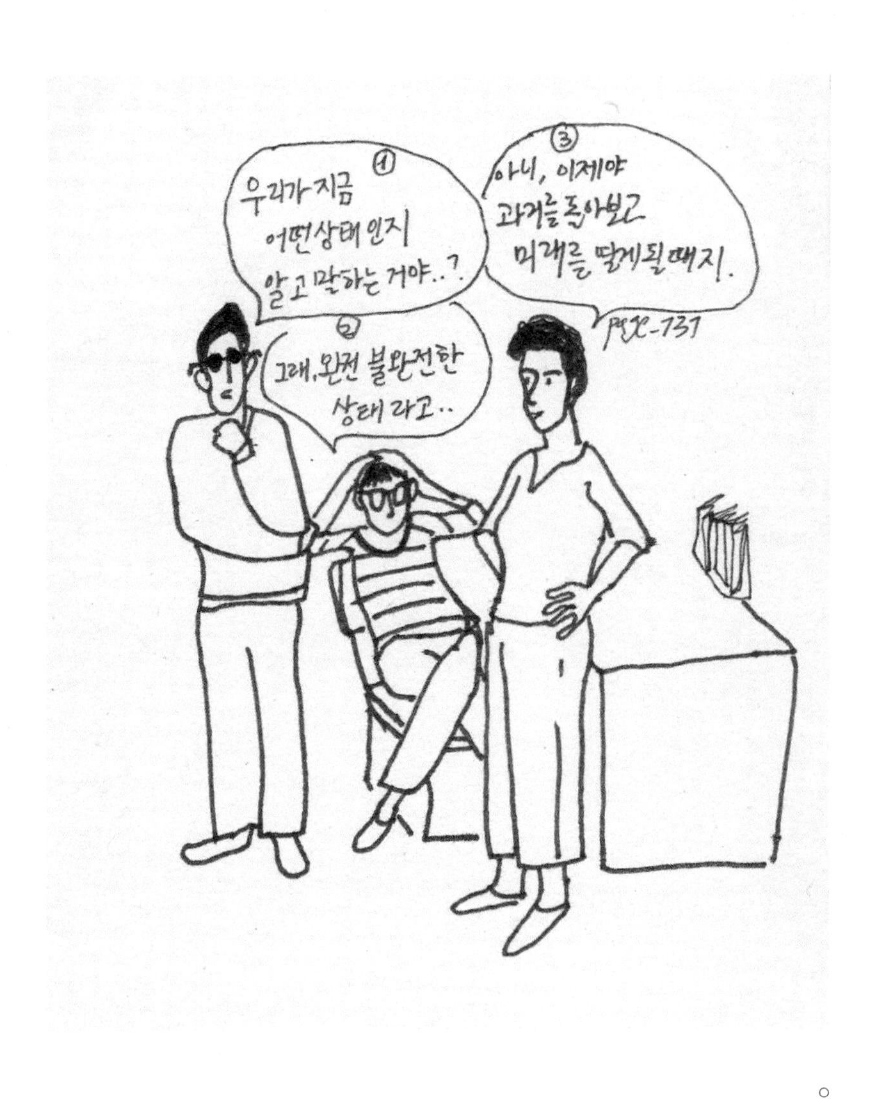

새로운 것은 불완전함 속에서 출발한다.

적당히 사는 일요일
뭐가 이렇게 이성적이고 뭐가 그렇게 자기연민적이니? 적당히해, 적당히.
Page_137

ㅇ
여름날 창문에서 보았던 것.

○

너와 함께 하는 시간이라면 어느 계절이든 오래오래 좋았다.

○

어떠한 내 모습은 반짝반짝할 수도
있다는 것도 알게 됐다.

○

혼자만의 길을 걷는다고들 하지만 나는 바라보고 있어.
침묵의 시간을 같이 견뎌내는 거야.

갈피

•

안녕, 가끔은 생각하는 말.
좋아한다고 말하고 싶다가도 이내 싫어지는 너의 입술.
"난 잘할 수 있을 거야."라고 말하다가도
"왜 이것밖에 안 되지?"라며 자책하는 마음….
매일 만나도 즐거워하는 너희들이 어쩔 때는 귀찮기도 했어.
그러다가도 내가 우울할 때는 한없이 보고 싶었지.

이제는 인정하려 해. 나는 한없이 이기적이야.
이기적인 마음을 감출 수 없을 때가 있어.
그럴 때면 내 자신이 밉기도 해.
그 미운 마음을 모아 모아 편지를 쓴다면
조금이나마 나아질 수 있을까.

아무래도 그렇지 않을까?
그래도 그냥 나이만 든 인간이
되긴 싫단 말이지...
치열하고 섬세하게 향유할거야.
아끼는 사람들에게 애정을 쏟으면서~
후회없이
사는건
창 힘든 거겠지?
page_137

○

살아갈 때 마지노선 지키며
그 안에서 태도를 유지하기.

KM

섭섭하지 않으려다 보니
자꾸 선을 긋게 되나봐..
계산 없이 좋아해도 될만큼
서로간에 믿음이 생기면 좋을텐데...
이렇게나 좋아해도 날 떠나지 않을거란
믿음...

기억은 잊어버리다가도
문득 등장하기도 한다.
늘 그렇다.
잊었다 생각한 것들은
잠시 숨어 있을 뿐이고,
가슴 한 켠에 묻어두었을 뿐이라고
잠시 생각했다.

ㅇ

언젠가 좋아하는 것들을 내 앞에 두고선
조용히 죽음을 향해 다가가고 싶다.

○

그렇구나 싶었던 거지…
말해주면 고맙고 그렇지 않더라도
감당하며 사는 것이구나 하면서.

너를위한 삶이 아닌건
항상 배신당해. 그래서
중심을 지키는게 제일중요한거다 너?
...
냐-옹-

코너 앞에 서서

•

"문득 그런 생각이 들었어.
누군가 나를 볼 때도 내가 하는 고민이나
불안이 정말 별것 아닌 건 아닐까, 하고.
지금 내가 어려워하고, 시작도 하지 않은 채
두려워하는 일들이 어쩌면 그냥 해도
별것 아닐 일인데 괜한 두려움에 사로잡혀 있는 게 아닐까?"

떠나보내는 일

•

조금은 성숙해졌다 말할 수 있는 지금의 내가 좋다.
그러나 이따금 예전의 미성숙했던 내가 그리울 때가 있다.
순진했던 무지함에서 나오는 특유의 향기를 기억한다.
모든 자극에 높이 들떴다가 묵직하게 가라앉기도 했던
무질서한 날들이었다. 이제야 알겠다.
시간을 멀리 건너와보니 그때는 몰랐던 것들은 그토록이나
아름다운 것들이었음을. 악의가 없던 지난날들.
지나고 나니 큰일들은 대수롭지 않아졌고 정작 대수로운
것들은 알아채지 못한 채 다 지나고 나서야
멋쩍게 돌이키게 된다.
이렇게 또 가을이 지나 겨울이 왔고
구태여 나를 떠나가는 사람을 붙잡지 않았다.

상대방의 모든 말을 다 이해
하려 할 필요 없어.
그냥 내가 이해하지 못하는게 있나보다..
하면서 넘어가는게
이해하는 방법일거야.

바람

•

단지 겉멋만 들지 않기를
사유하고 사유하기를
나의 행복감을 함부로 자랑하지 말기를
조심하게 다루기를
예를 들면
나의 감정 / 상대방의 기분 / 고양이를

속옷은 항상 좋은 걸로
친절을 당연하게 여기지 말기를

○

지금 구태여 가치를 따질 필요도 없는 거고.

내가 하고 있던 생각을 꺼내 말하다니 난 부정할 수밖에요.

○

어쩌면 살아감은 누군가를 지지해주는 일일 수도 있다고.

아~ 다들 너무 잘하고 있어서 기분좋다..
맞아. 이번에도 잘버텼어 우리!

세상이 나를 알아주지
않는게 나 너무슬프다.
열심히 살고 있는것
같은데 . . .

다만 나는 바랄 뿐이다.
이런 자조를 '글렀다' 생각한
이번 생에도 머지않아 반짝이고 빛나는
희망의 순간이 찾아오기를,
그리고 그 작은 바람과 희망들 덕에
'이번 생은 그래도 살 만하네.'
하고 생각할 수 있는 순간이 오기를 말이다.

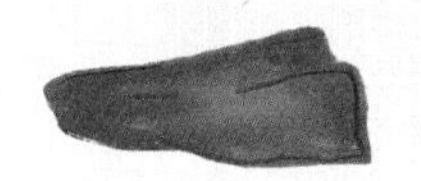

마음은 왜 자꾸만 비좁아 지는걸까..
이러다 갑자기 어느날
우기력 해지면 어쩌나
걱정이다..
난 그래서
뭔가 계산없이
상대방에게
친절하게 대하고
있어요즘..

짧은 메모

•

"이런 감정은 유치하고 저런 글은
오글거린다 하는 사람들의
메마른 감정 따위에 관심 없다.
유치한 건 우리가 아니다.
내가 태어나기 전 세상은 사랑과 편지
그리고 온갖 멋진 말들이 난무하던 세상이다.
잊지 말자.
지금의 내 감정과 멋진 삶을!"

기약

•

행복을 전시하는 것들은 참 쉽다.
그리고 나 또한 언젠가 행복해지겠지,
하는 갈망을 보여주며 살아가고 있다.
당신들도 그렇지 않을까?

불완전하지만
잘 지내고 있습니다

머리가 커가면서
정말 좋아하는것들을
찾기가 쉽지 않아.

맞아. 그럼에도
좋아하는것을 찾는 행운이온다면
최선을 다해 소중히 여겨야해.

이렇게까지 컸다는 데에 스스로 대견함을 느낀다.

어쭙잖은 것들 속에서 삶의 질을 높이는 방법.

○

부디 잘되길.
내가 아는 이들과 이 글을 보는 당신도.

그 무엇도 사랑일 수 있는 거지.

PART 2

Monthly Plan

2019
CALENDAR

01 January

		1	2	3	4	5
6	7	8	9	10	11	12
13	14	15	16	17	18	19
20	21	22	23	24	25	26
27	28	29	30	31		

02 February

					1	2
3	4	5	6	7	8	9
10	11	12	13	14	15	16
17	18	19	20	21	22	23
24	25	26	27	28		

03 March

					1	2
3	4	5	6	7	8	9
10	11	12	13	14	15	16
17	18	19	20	21	22	23
24	25	26	27	28	29	30
31						

04 April

	1	2	3	4	5	6
7	8	9	10	11	12	13
14	15	16	17	18	19	20
21	22	23	24	25	26	27
28	29	30				

05 May

			1	2	3	4
5	6	7	8	9	10	11
12	13	14	15	16	17	18
19	20	21	22	23	24	25
26	27	28	29	30	31	

06 June

						1
2	3	4	5	6	7	8
9	10	11	12	13	14	15
16	17	18	19	20	21	22
23	24	25	26	27	28	29
30						

07 July

	1	2	3	4	5	6
7	8	9	10	11	12	13
14	15	16	17	18	19	20
21	22	23	24	25	26	27
28	29	30	31			

08 August

				1	2	3
4	5	6	7	8	9	10
11	12	13	14	15	16	17
18	19	20	21	22	23	24
25	26	27	28	29	30	31

09 September

1	2	3	4	5	6	7
8	9	10	11	12	13	14
15	16	17	18	19	20	21
22	23	24	25	26	27	28
29	30					

10 October

		1	2	3	4	5
6	7	8	9	10	11	12
13	14	15	16	17	18	19
20	21	22	23	24	25	26
27	28	29	30	31		

11 November

					1	2
3	4	5	6	7	8	9
10	11	12	13	14	15	16
17	18	19	20	21	22	23
24	25	26	27	28	29	30

12 December

1	2	3	4	5	6	7
8	9	10	11	12	13	14
15	16	17	18	19	20	21
22	23	24	25	26	27	28
29	30	31				

2020
CALENDAR

01 January

			1	2	3	4
5	6	7	8	9	10	11
12	13	14	15	16	17	18
19	20	21	22	23	24	25
26	27	28	29	30	31	

02 February

						1
2	3	4	5	6	7	8
9	10	11	12	13	14	15
16	17	18	19	20	21	22
23	24	25	26	27	28	29

03 March

1	2	3	4	5	6	7
8	9	10	11	12	13	14
15	16	17	18	19	20	21
22	23	24	25	26	27	28
29	30	31				

04 April

			1	2	3	4
5	6	7	8	9	10	11
12	13	14	15	16	17	18
19	20	21	22	23	24	25
26	27	28	29	30		

05 May

					1	2
3	4	5	6	7	8	9
10	11	12	13	14	15	16
17	18	19	20	21	22	23
24	25	26	27	28	29	30
31						

06 June

	1	2	3	4	5	6
7	8	9	10	11	12	13
14	15	16	17	18	19	20
21	22	23	24	25	26	27
28	29	30				

07 July

			1	2	3	4
5	6	7	8	9	10	11
12	13	14	15	16	17	18
19	20	21	22	23	24	25
26	27	28	29	30	31	

08 August

						1
2	3	4	5	6	7	8
9	10	11	12	13	14	15
16	17	18	19	20	21	22
23	24	25	26	27	28	29
30	31					

09 September

		1	2	3	4	5
6	7	8	9	10	11	12
13	14	15	16	17	18	19
20	21	22	23	24	25	26
27	28	29	30			

10 October

				1	2	3
4	5	6	7	8	9	10
11	12	13	14	15	16	17
18	19	20	21	22	23	24
25	26	27	28	29	30	31

11 November

1	2	3	4	5	6	7
8	9	10	11	12	13	14
15	16	17	18	19	20	21
22	23	24	25	26	27	28
29	30					

12 December

		1	2	3	4	5
6	7	8	9	10	11	12
13	14	15	16	17	18	19
20	21	22	23	24	25	26
27	28	29	30	31		

YEARLY PLAN

01 January	02 February	03 March	04 April	05 May	06 June
1	1	1	1	1	1
2	2	2	2	2	2
3	3	3	3	3	3
4	4	4	4	4	4
5	5	5	5	5	5
6	6	6	6	6	6
7	7	7	7	7	7
8	8	8	8	8	8
9	9	9	9	9	9
10	10	10	10	10	10
11	11	11	11	11	11
12	12	12	12	12	12
13	13	13	13	13	13
14	14	14	14	14	14
15	15	15	15	15	15
16	16	16	16	16	16
17	17	17	17	17	17
18	18	18	18	18	18
19	19	19	19	19	19
20	20	20	20	20	20
21	21	21	21	21	21
22	22	22	22	22	22
23	23	23	23	23	23
24	24	24	24	24	24
25	25	25	25	25	25
26	26	26	26	26	26
27	27	27	27	27	27
28	28	28	28	28	28
29		29	29	29	29
30		30	30	30	30
31		31		31	

07 July	08 August	09 September	10 October	11 November	12 December
1	1	1	1	1	1
2	2	2	2	2	2
3	3	3	3	3	3
4	4	4	4	4	4
5	5	5	5	5	5
6	6	6	6	6	6
7	7	7	7	7	7
8	8	8	8	8	8
9	9	9	9	9	9
10	10	10	10	10	10
11	11	11	11	11	11
12	12	12	12	12	12
13	13	13	13	13	13
14	14	14	14	14	14
15	15	15	15	15	15
16	16	16	16	16	16
17	17	17	17	17	17
18	18	18	18	18	18
19	19	19	19	19	19
20	20	20	20	20	20
21	21	21	21	21	21
22	22	22	22	22	22
23	23	23	23	23	23
24	24	24	24	24	24
25	25	25	25	25	25
26	26	26	26	26	26
27	27	27	27	27	27
28	28	28	28	28	28
29	29	29	29	29	29
30	30	30	30	30	30
31	31		31		31

2018

12

DECEMBER

MEMO

SUNDAY	MONDAY	TUESDAY
2	3	4
9	10	11
16	17	18
23	24	25
30	31	

WEDNESDAY	THURSDAY	FRIDAY	SATURDAY
			1
	6	7	8
	13	14	15
	20	21	22
	27	28	29

2019

1

JANUARY

SUNDAY	MONDAY	TUESDAY
		1
6	7	8
13	14	15
20	21	22
27	28	29

MEMO

WEDNESDAY	THURSDAY	FRIDAY	SATURDAY
	3	4	5
	10	11	12
	17	18	19
	24	25	26
	31		

2019

2

FEBRUARY

SUNDAY	MONDAY	TUESDAY
3	4	5
10	11	12
17	18	19
24	25	26

MEMO

WEDNESDAY	THURSDAY	FRIDAY	SATURDAY
		1	2
	7	8	9
	14	15	16
	21	22	23
	28		

2019

3

MARCH

MEMO

SUNDAY	MONDAY	TUESDAY
3	4	5
10	11	12
17	18	19
24	25	26
31		

WEDNESDAY	THURSDAY	FRIDAY	SATURDAY
		1	2
	7	8	9
	14	15	16
	21	22	23
	28	29	30

2019

4

APRIL

SUNDAY	MONDAY	TUESDAY
	1	2
7	8	9
14	15	16
21	22	23
28	29	30

MEMO

WEDNESDAY	THURSDAY	FRIDAY	SATURDAY
	4	5	6
	11	12	13
	18	19	20
	25	26	27

2019

5

MAY

MEMO

SUNDAY	MONDAY	TUESDAY
5	6	7
12	13	14
19	20	21
26	27	28

WEDNESDAY	THURSDAY	FRIDAY	SATURDAY
	2	3	4
	9	10	11
	16	17	18
	23	24	25
	30	31	

2019

6

JUNE

MEMO

SUNDAY	MONDAY	TUESDAY
2	3	4
9	10	11
16	17	18
23	24	25
30		

WEDNESDAY	THURSDAY	FRIDAY	SATURDAY
			1
	6	7	8
	13	14	15
	20	21	22
	27	28	29

2019

7

JULY

MEMO

SUNDAY	MONDAY	TUESDAY
	1	2
7	8	9
14	15	16
21	22	23
28	29	30

WEDNESDAY	THURSDAY	FRIDAY	SATURDAY
	4	5	6
	11	12	13
	18	19	20
	25	26	27

2019

8

AUGUST

MEMO

SUNDAY	MONDAY	TUESDAY
4	5	6
11	12	13
18	19	20
25	26	27

WEDNESDAY	THURSDAY	FRIDAY	SATURDAY
	1	2	3
	8	9	10
	15	16	17
	22	23	24
	29	30	31

2019

9

SEPTEMBER

SUNDAY	MONDAY	TUESDAY
1	2	3
8	9	10
15	16	17
22	23	24
29	30	

MEMO

WEDNESDAY	THURSDAY	FRIDAY	SATURDAY
	5	6	7
	12	13	14
	19	20	21
	26	27	28

2019

10

OCTOBER

SUNDAY	MONDAY	TUESDAY
		1
6	7	8
13	14	15
20	21	22
27	28	29

MEMO

WEDNESDAY	THURSDAY	FRIDAY	SATURDAY
	3	4	5
	10	11	12
	17	18	19
	24	25	26
	31		

2019

11

NOVEMBER

MEMO

SUNDAY	MONDAY	TUESDAY
3	4	5
10	11	12
17	18	19
24	25	26

WEDNESDAY	THURSDAY	FRIDAY	SATURDAY
		1	2
	7	8	9
	14	15	16
	21	22	23
	28	29	30

2019

12

DECEMBER

SUNDAY	MONDAY	TUESDAY
1	2	3
8	9	10
15	16	17
22	23	24
29	30	31

MEMO

WEDNESDAY	THURSDAY	FRIDAY	SATURDAY
	5	6	7
	12	13	14
	19	20	21
	26	27	28

PART 3

Weekly Plan

SUN

MON

THU

FRI

UE
WED
AT
MEMO

SUN

MON

THU

FRI

E

WED

T

MEMO

SUN

MON

THU

FRI

E
WED
T
MEMO

SUN

MON

THU

FRI

WED
MEMO

SUN

MON

THU

FRI

E
WED
T
MEMO

SUN

MON

THU

FRI

E
WED
T
MEMO

SUN

MON

THU

FRI

E
WED
T
MEMO

SUN

MON

THU

FRI

E
WED
T
MEMO

SUN

MON

THU

FRI

E

WED

T

MEMO

SUN

MON

THU

FRI

E

WED

T

MEMO

SUN

MON

THU

FRI

JE
WED
AT
MEMO

SUN

MON

THU

FRI

E

WED

T

MEMO

SUN

MON

THU

FRI

WED
MEMO

SUN

MON

THU

FRI

E

WED

T

MEMO

SUN

MON

THU

FRI

E

WED

T

MEMO

SUN

MON

THU

FRI

E
WED
T
MEMO

SUN

MON

THU

FRI

JE

WED

AT

MEMO

SUN

MON

THU

FRI

E
WED
T
MEMO

SUN

MON

THU

FRI

E
WED
T
MEMO

SUN

MON

THU

FRI

E

WED

T

MEMO

SUN

MON

THU

FRI

E
WED
T
MEMO

SUN

MON

THU

FRI

WED
MEMO

SUN

MON

THU

FRI

E
WED
T
MEMO

SUN

MON

THU

FRI

E

WED

T

MEMO

SUN

MON

THU

FRI

E

WED

T

MEMO

SUN

MON

THU

FRI

E

WED

T

MEMO

SUN

MON

THU

FRI

E
WED
T
MEMO

SUN

MON

THU

FRI

WED
MEMO

SUN

MON

THU

FRI

E

WED

T

MEMO

SUN

MON

THU

FRI

E

WED

T

MEMO

SUN

MON

THU

FRI

E

WED

T

MEMO

SUN

MON

THU

FRI

E

WED

T

MEMO

SUN

MON

THU

FRI

E

WED

T

MEMO

SUN

MON

THU

FRI

WED
MEMO

SUN

MON

THU

FRI

E
WED
T
MEMO

SUN

MON

THU

FRI

E

WED

T

MEMO

SUN

MON

THU

FRI

E

WED

T

MEMO

SUN

MON

THU

FRI

E

WED

T

MEMO

SUN

MON

THU

FRI

E

WED

T

MEMO

SUN

MON

THU

FRI

E
WED
T
MEMO

SUN

MON

THU

FRI

WED
MEMO

SUN

MON

THU

FRI

E

WED

T

MEMO

SUN

MON

THU

FRI

E

WED

T

MEMO

SUN

MON

THU

FRI

E

WED

T

MEMO

SUN

MON

THU

FRI

E

WED

T

MEMO

SUN

MON

THU

FRI

E
WED
T
MEMO

SUN

MON

THU

FRI

E

WED

T

MEMO

SUN

MON

THU

FRI

E

WED

T

MEMO

SUN

MON

THU

FRI

E

WED

T

MEMO

SUN

MON

THU

FRI

E
WED
T
MEMO

SUN

MON

THU

FRI

E

WED

T

MEMO

SUN

MON

THU

FRI

E

WED

T

MEMO

SUN

MON

THU

FRI

E

WED

T

MEMO

SUN

MON

THU

FRI

E

WED

T

MEMO

SUN

MON

THU

FRI

E

WED

T

MEMO

SUN

MON

THU

FRI

E

WED

T

MEMO

SUN

MON

THU

FRI

E
WED
T
MEMO

SUN

MON

THU

FRI

WED
MEMO

SUN

MON

THU

FRI

E

WED

T

MEMO

SUN

MON

THU

FRI

E

WED

T

MEMO

SUN

MON

THU

FRI

E

WED

T

MEMO

SUN

MON

THU

FRI

E

WED

T

MEMO

SUN

MON

THU

FRI

E

WED

T

MEMO

SUN

MON

THU

FRI

WED
MEMO

SUN

MON

THU

FRI

E

WED

T

MEMO

SUN

MON

THU

FRI

E

WED

T

MEMO

SUN

MON

THU

FRI

E

WED

T

MEMO

SUN

MON

THU

FRI

E

WED

T

MEMO

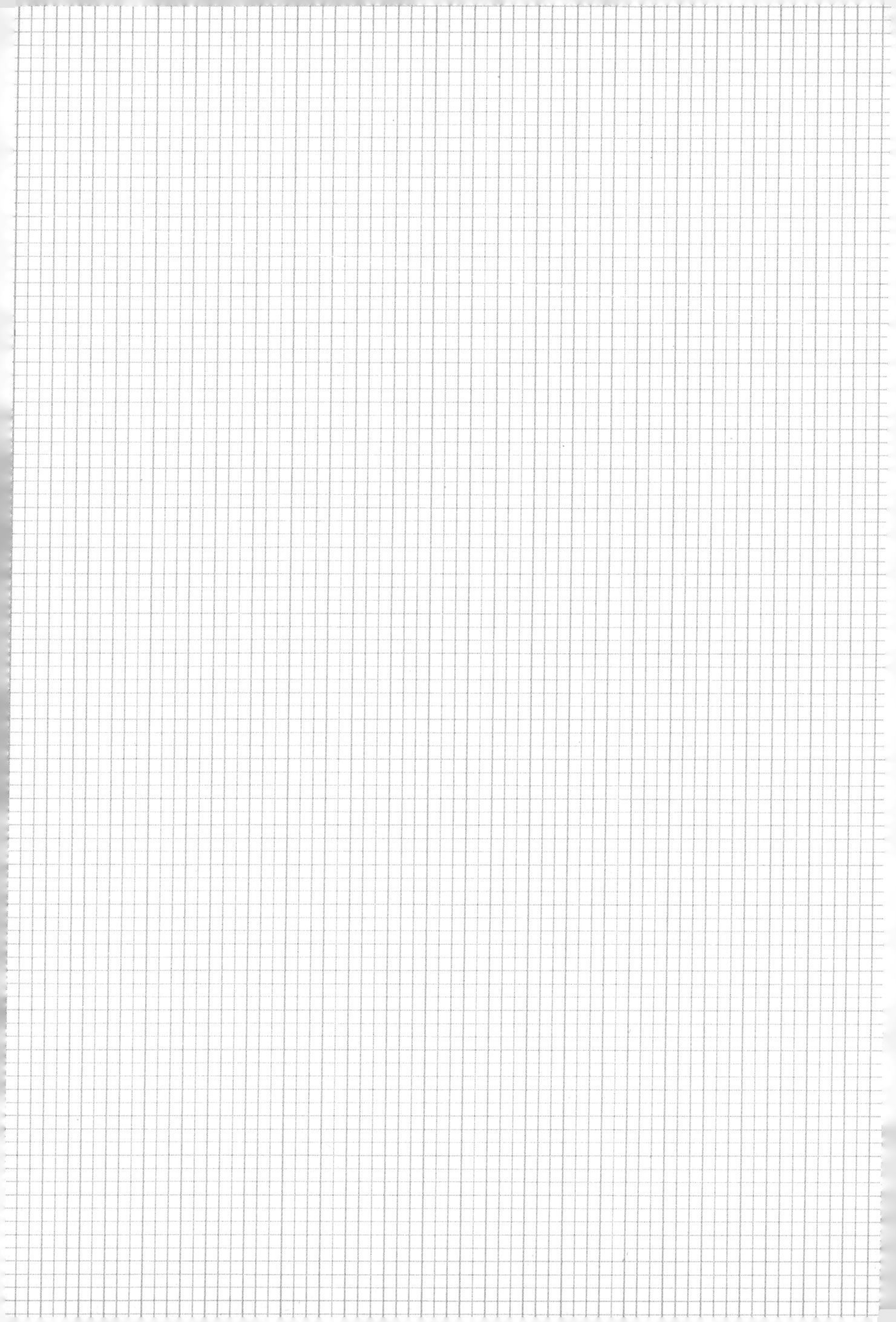

민경희 지음

글을 쓰고 그림을 그린다는 수식이 퍽 마음에 든다. 자신의 내면과 사람들의 행동을 관찰하기를 좋아한다. '나'와 '타인의 감정'을 표현할 수 있는 모든 수단들을 사랑한다. 2017년 첫 에세이집 『별일 아닌 것들로 별일이 됐던 어느 밤』을, 다이어리북 『살아가는 일』을 펴냈다.

인스타그램 @page_737

이메일 alsrod0015@gmail.com